AF498034

INSTITUT DE FRANCE.

ACADÉMIE FRANÇAISE

DISCOURS

PRONONCÉS DANS LA SÉANCE PUBLIQUE

TENUE PAR

L'ACADÉMIE FRANÇAISE

POUR LA RÉCEPTION

DE M. PAUL HERVIEU

Le Jeudi 21 Juin 1900.

PARIS

TYPOGRAPHIE DE FIRMIN-DIDOT ET Cⁱᵉ

IMPRIMEURS DE L'INSTITUT DE FRANCE, RUE JACOB, 56

M DCCCC

INSTITUT.
1900 — 13.

ACADÉMIE FRANÇAISE

M. Paul Hervieu ayant été élu par l'Académie française à la place vacante par la mort de M. Édouard Pailleron, y est venu prendre séance le 21 juin 1900 et a prononcé le discours suivant :

Messieurs,

Avant que votre souveraine bienveillance m'eût admis au nombre de vos élus, avant même de m'être présenté à vos suffrages, j'avais imaginé une séance où je venais, comme aujourd'hui, prendre la parole devant vous. L'imagination est mon métier. J'avais bien pressenti dès lors, dans toute sa vivacité, la gratitude que je vous apporte, mon impuissance aussi à vous l'exprimer suffisamment, et ce trouble qu'une juste modestie m'inspire en face de votre réunion où brillent de si beaux titres de gloire. Mais, dans la minute actuelle, un sentiment imprévu m'oppresse, qui naguère eût empêché de naître les espoirs légers, le souhait ambitieux que j'osais former, quand, de loin, je levais les yeux vers votre illustre Compagnie. On a dit que les hommes ne sauraient vivre si chacun n'ignorait point la date de sa propre mort. Qu'il me soit permis d'ajouter que nous serions également incapables de nous mirer dans des projets d'avenir, si nous devions connaître l'heure où mourra notre ami ! Je m'étais figuré, — en rêvant jadis de franchir votre seuil, — que j'aurais ici, dans l'anxiété première, ce réconfort d'apercevoir Édouard Pailleron. Ce n'était pas qu'il lui manquât de quoi intimider, — peut-être même plus qu'un autre, — avec son regard perspicace et bien embusqué, son front opiniâtre, son nez aquilin, sa bouche arquée pour les traits de l'ironie, sa belle barbe qui terminait en souplesse une physionomie de vigueur et de malice, où se masquaient les sensibilités du naturel, par dédain de cette réclame que la publicité du visage peut faire aux mérites du cœur. Mais depuis vingt ans, j'étais habitué à lire sur la mine loyale de Pailleron ce que la distance des âges, sa maîtrise et sa sympathie m'exprimaient d'indulgemment paternel. Hélas ! il n'est plus des vôtres pour me prêter l'appui de sa présence dans cette épreuve redoutable. C'est, toutefois, par l'autorité de son souvenir que je dois encore me croire un peu introduit et soutenu parmi vous. Vous aurez pris en considération la longue amitié que voulut bien professer en ma faveur un de vos confrères, dont vous aimiez le parfait talent, la spirituelle courtoisie, l'intime sûreté de relations. Et s'il vous eût été facile d'appeler à lui succéder une personnalité plus importante que la mienne, vous aurez pensé que, pour vous entretenir de cette chère mémoire, nul autre n'apporterait une conscience plus émue.

Messieurs, les origines de Pailleron remontent assez haut. Il montre en sa veine du sang de Molière, par *le Monde où l'on s'ennuie*. Du côté des femmes : ingénues, coquettes, amoureuses, il est allié à Marivaux. *L'Étincelle* le fait cousiner avec les Proverbes d'Alfred de Musset. Et, quant à ses parents les plus rapprochés dans la famille théâtrale, il nous les a lui-même notifiés en écrivant, après la mort d'Émile Augier et celle d'Eugène Labiche, deux études d'hommage posthume et d'évidente prédilection. Quand il vint, parmi vous, s'asseoir entre ces deux aînés, il ne les sépara point, il les relia. La nature, qui ne saute point d'échelons, avait réparti à Pailleron le genre d'esprit, la mesure de grâce et d'adresse heureuse qu'il fallait pour ménager la transition entre la grosse autorité comique et la délicieuse extravagance.

Avec la simplicité de ses besoins, son absence de vanité mondaine, son goût de vivre sans façon, il aurait assez allégrement, je suppose, pris son parti de la pauvreté. Il sut s'accommoder avec discrétion et dignité de l'aisance, puis de la fortune, qui lui échurent, comme personne ne l'ignore. Lorsqu'un écrivain, en effet, commence, ainsi que lui, sa carrière par posséder une maison de rapport, ce don du ciel est, à tout jamais, signalé dans ses biographies littéraires.

Et, à bien réfléchir, une pareille mention n'y est peut-être pas hors de propos. L'homme de lettres, qui naît propriétaire, semble par là créé pour que la force de la plume ne se range pas trop exclusivement, n'aille point militer presque tout entière du côté des turbulents ou des révolutionnaires. Les instincts conservateurs, du reste, ont de quoi former, alimenter, équiper, mener à des victoires, une vaste littérature. Ce sont eux qui ouvrent, aux exercices de l'éloquence, l'admirable plaine du passé, à perte de vue riche de tous les principes acquis, de tous les objets de vénération anciens. Ce sont eux aussi qui suggèrent l'esprit d'imitation si fertile en ressources, et l'esprit de faire campagne dans le sens des idées auxquelles le plus grand nombre est dévoué. Enfin, quand l'écrivain de conservation sociale apporte un grand tempérament d'auteur comique, quand il est Pailleron, celui-là trouve, dans l'arsenal de son parti, l'engin du ridicule, l'arme défensive du rire. Ce moyen, si peu agissant, à l'offensive, sur les opinions bien installées, devient formidable contre les tentatives encore incertaines et trébuchantes, souvent généreuses, souvent regrettables, des novateurs.

Ce fut vers la vingt-cinquième année que Pailleron se fit connaître par un acte de théâtre en vers et par un recueil de poésies. Le volume s'appelait *les Parasites*. La pièce s'appelait *le Parasite*. Voilà de la persistance à user d'un mot dont le sens rigoureux stigmatise cette classe d'individus qui a pour industrie sournoise d'aller prendre ses repas chez autrui. Et comme la destinée de Pailleron lui réservait, plus tard, de tenir une table célèbre à Paris, ses convives purent s'enorgueillir d'être alors discernés par un homme averti de bonne heure contre l'intrusion des pique-assiettes.

Dans cette première publication de librairie : *les Para-*

sites, une suite de poèmes, plus fougueux que lyriques, s'attaquait à la presse de mensonge et de calomnie... Il faut croire que cette espèce aurait existé, autrefois... Le nouveau venu manifestait à chaque page un besoin de sincérité, un dégoût de l'hypocrisie, qui reviendront, en motifs principaux, dans les compositions de toute sa vie.

Quand on se voit en présence d'un esprit aussi bien portant, aussi sainement constitué que celui de Pailleron, l'on est tenté de lire dans l'ordre successif de ses productions ce qui serait la loi naturelle des développements cérébraux chez le littérateur normal.

Si nous prenons l'acte du *Parasite*, joué à ce début de carrière, nous remarquons d'abord l'élan juvénile vers l'Odéon. Nous relevons aussi, devant le décor où se profilait la colonnade d'un petit temple de Vénus, l'érudition du bachelier, qui se libère et s'épanche en folâtrerie. Notons, de plus, les traces de la filiation inévitable avec une œuvre de maître : la pièce du néophyte, par ses dimensions, sa facture, sa bouffonnerie moderne dans un sujet antique, rappelait sans doute le *Joueur de Flûte*, d'Émile Augier qui, lui-même, quinze années auparavant, avait conçu la *Ciguë*, en écoutant la *Lucrèce* de Ponsard. On est toujours fils de quelqu'un, pour le moins. L'examen du *Parasite* nous atteste encore que l'ouvrage initial d'un auteur peut indiquer déjà en fleurs la toute particulière essence des fruits savoureux que donnera sa maturité. Il y avait là une espièglerie mordante, une gauloiserie sans immoralité, une prestesse à passer de la satire à l'idylle, du sourire qui se trouble au rire éclatant dans toute sa largeur.

Cet essai faisait présager, en outre, la dextérité à tenir l'intrigue par un fil mince, comme ces crins d'invisible transparence avec lesquels le pêcheur expert, selon que se présentera l'occasion, enlèvera les grosses prises aussi bien que les petits poissons. Mais une chose frappe par-dessus le reste, dans les péripéties du *Parasite* : L'auteur y a voulu parer des grâces virginales la première héroïne qu'il ait choyée dans ses premiers vers de jeune homme. Et la même figure suave et rêveuse, celle de l'Ève imma-culée, restera l'allegorie dominante sur le monument fini de Pailleron. Cette Myrrhine, du *Parasite,* qu'une aven-ture nuptiale a laissée en état d'innocence, qui devient veuve sans avoir cessé d'être jeune fille, je veux dire cette vision de l'intacte pureté qu'il esquissa dès lors, il la retracera d'une âme respectueuse dans la plupart de ses ouvrages, sur lesquels tant de bras candides font flotter une longue écharpe blanche. Ce seront, par la suite, Aline, des *Faux Ménages,* et Marthe, de la *Souris,* Antoinette, de l'*Étincelle,* et Suzanne, du *Monde où l'on s'ennuie,* toute l'histoire des gros chagrins dans les petits cœurs, Angé-lique et Lucy, de *Pendant le Bal,* la mutinerie en mous-seline, l'aube de la femme se nuançant déjà de rose et d'azur, avec le teint de Jeanne Samary, les yeux de Mlle Reichemberg.

La seconde pièce de Pailleron, *le Mur mitoyen,* deux actes en vers qui, l'année suivante, lui valurent de nou-veaux applaudissements sur la même scène de l'Odéon, nous fait suivre la marche du talent jusqu'au bout de l'étape régulière. La muse du poète est affranchie de cette timi-dité pour sortir qui la fit précédemment s'accrocher à la

tunique d'une grande sœur. Les personnages ne sont plus
des silhouettes brumeuses, aux noms effacés dans le temps,
ni parlant parisien sous des vêtements grecs ; ils ne sont
plus des ombres : ils sont encore des fantoches et de plai-
santes caricatures. Ils se nomment Maître Finot, Maître
Tringlet, gens de chicane, accompagnés de leurs clients.
L'auteur, dont la personnalité va s'affirmant, ne s'est toutefois pas risqué si vite dans les caractères d'humanité un
peu étendue. Il s'en est tenu à des individus et à des mœurs
dont il a saisi de près la particularité, en traversant le
monde de la basoche et de la cléricature. Ce qu'utilise là
son esprit ingénieux, c'est un reliquat d'apprentissage dans
la profession abandonnée.

L'acheminement conduira bientôt Pailleron vers des
sujets plus larges. Dès sa troisième pièce, *le Dernier
quartier*, où il décrit la fin d'une lune de miel, il est parvenu aux types d'une grande généralité, puisque ce sont
des époux qui se disputent... jusqu'au moment de finir
par s'embrasser. Maintenant aussi, le dessin des visages
est d'une résolution sous laquelle la vérité crie. L'artiste
ne craint pas un peu de rudesse dans ses touches, qui sont
devenues exactes. Il tient, de la sorte, sa première manière.

De plus, avec ces deux actes du *Dernier Quartier*,
Pailleron effectuait son entrée, en 1863, à la Comédie-
Française, où il allait dorénavant se sentir chez lui, par
l'éclat des œuvres qu'il y donna, comme par l'éclat des
concours qu'il en reçut. Pour ses onze pièces à venir, il
ne fera que trois fugues vers d'autres scènes.

L'une des infidélités fut immédiate. Faut-il en rendre
responsable Pailleron, ou bien la Maison de Molière?

J'imagine comment lui-même s'expliquerait à cet égard.
avec sa riposte gouailleuse de maître-auteur, bien au-dessus
des fausses hontes. Il renverrait au titre de l'ouvrage nouveau, pour préciser le mouvement qui le lui fit reporter à
l'Odéon : c'était le *Second Mouvement*, pièce en trois actes,
où, pour la seule fois de sa vie, il traita la question d'argent. Il y avait mis bien des scrupules délicats et bien des
incidents joyeux. Mais l'idée des protêts et des recouvre-
ments refroidit en fiction, comme en réalité. Les créanciers
demeurent impopulaires, même quand ils s'expriment dans
la langue des Dieux. Jusqu'alors, en effet, Pailleron n'avait
écrit qu'en vers. A l'époque dont il s'agit, ce noble procédé
continuait de fleurir dans la comédie de mœurs, quoiqu'on
lui reprochât amèrement déjà ce qu'on reproche aux fleurs
artificielles : la sécheresse un peu raboteuse, l'absence des
veloutés, des grâces chatoyantes et du parfum. C'est qu'aussi
la majesté des formes parnassiennes avec sa flore de
l'Hymette, le panache de l'école romantique, sa pourpre et
ses broderies d'or avaient achevé d'édifier et d'orner le
temple intolérant, en dehors duquel on n'allait plus ad-
mettre l'existence d'aucune autre espèce de poésie. N'en
est-ce pas une pourtant, chez l'écrivain à tendances moralistes, que de vouloir, en soumettant la phrase au rythme,
lui constituer peut-être une durée de proverbe? A défaut
d'avoir des ailes, la pensée peut aller loin sur les bons pieds
que lui donne une métrique. Les médisants prétendaient,
contre le théâtre bourgeois en vers, qu'on prenait une
peine bien inutile à tailler de la prose en hémistiches, pour
l'affubler de rimes en surplus. Si Pailleron s'attarda volontiers ou reviat capricieusement à un genre, qui lui valut de

grands succès, mais non ses plus grands, il dut en cela
écouter son instinct de résistance conservatrice contre des
temps prochains où, à l'inverse, l'on essaierait d'une poésie
sans rime, et par conséquent sans raison.

En tout cas, il allait prouver, pour sa part, qu'à se faire
artisan de vers, l'on peut devenir excellent prosateur.
Avant de revenir de la rive gauche au théâtre de la rue
de Richelieu, il fit un circuit passant par le Gymnase. Il
y rencontra les très chaleureux et très légitimes bravos
qui saluèrent *le Monde où l'on s'amuse*. Pailleron avait mis
environ dix ans de conscience méticuleuse à étendre son
talent jusqu'au point où le voici. Sachant, à l'occasion,
laisser la prosodie de côté, il possède désormais son
meilleur outil de style, une prose claire, solide, incisive.
Ses vues ont dépassé à présent les scènes d'intimité. Il est
arrivé à la peinture de milieux ; il brosse le tableau déjà
d'une société. Et, de plus, apparaissent ici sa première
baronne, son premier comte. Ce n'est pas à la légère que
je signale, à cette place, l'exercice du droit régalien grâce
auquel, chaque année, le théâtre crée encore plus de
gentilshommes imaginaires que nous n'en voyons créer,
dans les journaux, par la vie même de tous les jours. Il ne
faudrait pas croire, avec la malveillance, que l'auteur s'in-
fatue ici de quelque intimité mentale avec ses propres
chimères, qu'il a titrées. L'écrivain n'en est pas non plus
à décider, alors, que nul n'aura de l'esprit, ne sera intéressant ou risible, amoureux ou exemplaire, hormis ceux
qui possèdent la particule. Mais loin de rétrécir sa manière,
il l'élargit probablement, lorsqu'il évoque des types dont
le naturel n'est pas influencé par les spécialités d'une

profession, — des types qui sont pourtant de signification connue et conventionnelle. C'est rentrer, à la façon moderne, dans la grande tradition de comédie où une ampleur imprécise dénomme Éraste, Lucidor et Clitandre, Araminte et Célimène, Dorante, Géronte, le père, et Argante, l'ami. Dans la littérature contemporaine, le duc, la marquise, le vicomte sont surtout des entités. Et quand Pailleron nous montrera la Duchesse du *Monde où l'on s'ennuie*, nous distinguerons, en Mme de Réville, qu'elle personnifie la noblesse du franc langage, et tout ce que l'esprit intarissable a en lui de bien né, et cette éternelle grande dame qu'est la bonne grâce en cheveux blancs.

Pouvait-on trouver à redire de ce que *le Monde où l'on s'amuse*, tout en classant son auteur parmi les maîtres du comique, ne fût qu'en un acte? Je ne connais pas de loi de parturition qui déciderait que la cervelle des dramaturges, sous peine d'être mal conformée, devra mettre les actes au jour par plusieurs à la fois. Au contraire, si, parmi les trois, quatre ou cinq actes qu'enfantent les esprits régulièrement multipares, il est rare que l'un de ces actes au moins ne soit pas chétif ou malingre, c'est qu'à être portés ensemble, ils se sont disputé la place et la substance. Pailleron, dans son goût pour la besogne irréprochable, donne l'impression qu'il s'appliqua souvent à faire un acte unique, pour le faire avec soin. Le nouveau-né se présentait ainsi bien nourri, bien en chair, valide et replet. Et, puisqu'il s'agit du *Monde où l'on s'amuse*, nous indiquerons qu'en sa petitesse gaillarde, l'ouvrage n'allait pas tarder à engendrer lui-même. Il contient le caractère d'un mari, qui est déjà *le Plus heureux des trois*; et cette situation conjugale, bientôt

reprise et développée sous les doigts d'Eugène Labiche,
fera résonner les roulements du rire le plus énorme. Ceci,
pour dire comment, en fait de théâtre, ce qui vient du
Joueur de Flûte s'en retourne au tambour. Tout emprunt,
d'ailleurs, n'est que cordial entre gens de bonne paie.

A présent que Pailleron s'est élevé aux observations
d'ensemble, qu'il groupe supérieurement des physionomies
nombreuses, et qu'il excelle à en rendre le relief, que va-t-il
faire qui soit encore un progrès? Quel effort ascensionnel
tentera-t-il, pour atteindre au delà des études de mœurs
même les mieux réussies?... Eh bien! il voudra maintenant
combattre pour une idée; il tâchera de prouver quelque
chose d'utile à ses yeux. On assistera donc à la soutenance
par lui d'une proposition ayant une portée directe. La
prochaine fois, Pailleron aura exécuté les quatre actes des
Faux Ménages, c'est-à-dire une pièce à thèse. Elle fut
représentée à la Comédie-Française, deux ans après
qu'Alexandre Dumas fils, ce grand agitateur des fonds de
la conscience, eût fait jouer les *Idées de Madame Aubray*.
Sous ce dernier titre, l'on venait de voir la bourgeoise
éclairée donner son fils à la fille-mère et repentie. Une idée
aussi subversive des habitudes matrimoniales, présentée
avec un magistral savoir-faire, avait été maintes fois applaudie à tout rompre,—c'est le cas de le dire. Sur ces entre
faites, Pailleron se leva, dans les rangs conservateurs, et vint
marquer décidément sa place près d'Émile Augier, depuis
longtemps déjà ministre sans portefeuille de la morale
régnante. Le nouvel intervenant apportait une éloquence
moins arrondie que celle de son chef de parti, plus de
légèreté peut-être dans le tour, mais une pareille intran-

sigeance sur les principes. En contre-partie des *Idées de Madame Aubray*, la signification des *Faux Ménages* se résume dans ce vers qu'on y trouve :

Il faut que l'époux fier prenne l'épouse pure.

C'était aussi une protestation pathétique en faveur de la jeune fille et de ses droits primordiaux à être celle que l'on épouse. Et il est bien dans la logique des œuvres de Pailleron que, pour débattre la politique de la famille sur a résonnante tribune du théâtre, il ait choisi l'heure où quelqu'un avait mis en cause la prééminence, entre les femmes, de l'enfant au front chaste, sa blanche petite amie.

A combattre les idées neuves, les velléités de réformes, les tentatives de changements. on s'aliène une clientèle qui n'est point la plus nombreuse, mais dont les acclamations ont le plus de chaleur. De ce côté-là sont les voix actives entre toutes et véhémentes : les voix sans résignation, pleines de huées contre un ordre des choses dont elles souffrent, voix qui protestent, crient, gémissent, chansonnent même dans ce plaisir énervé d'exhaler du mécontentement. Appui merveilleux à posséder avec soi, dont Joseph Prudhomme lui-même a rédigé la formule dans sa fameuse phrase testamentaire : « Mon fils, sois toujours de l'opposition. »

A l'inverse, si la tâche semble facile de défendre les usages tels que, de longue date, ils sont accrédités, cette tâche risque cependant d'être ingrate. Vouloir consolider par de nouveaux arguments une cause gagnée depuis des siècles, enfoncer une porte ouverte, ou plutôt donner un tour de

clef supplémentaire aux serrures déjà fermées de la cita-
delle sociale, c'est souvent n'ambitionner que l'approba-
tion peu démonstrative, le sourire béat du parti occupant
la place et fortement assis. Mais l'auteur des *Faux
Ménages* secoua irrésistiblement toute apathie de l'audi-
toire par la brusquerie saisissante, la vigoureuse argu-
mentation, avec lesquelles il tourna, retourna et présenta
la question. Pailleron qui, précédemment, n'avait guère
convié qu'à rire, complétait cette fois sa science du comique
par celle des épisodes douloureux. Sa moquerie n'avait
jamais été plus irrésistible. Cependant il imposait aussi
de grandes scènes de larmes; et, en cela, la moralité de
son parti pris se montra implacable, je le dois constater.
Il refusait la réhabilitation à la faute, même vaillamment
rachetée. Il interdisait le mariage à l'amour purifié par le
remords, par l'humilité, par le dévouement jusqu'au sacri-
fice, et ne reconnaissait ce droit civil qu'à l'infaillible
vertu, dans l'étendue de l'empire.

On était alors en 1869. On sortait de cette exposition
de 1867, deuxième de la dynastie que se sont faite chez
nous les expositions universelles. Il est classique de
dépeindre ce temps passé comme celui où notre cher pays,
par delà le sentiment de ses gloires, aurait atteint les
ivresses de la gloriole, dans une fête multicolore de ban-
deroles claquant au vent et d'illuminations, de feux d'artifice conquérant les airs. Nous pouvons nous rendre
compte, cette année, sous l'exposition cinquième, de ce
qui se passe chez un peuple organisateur de telles fêtes,
d'autant que notre génie national est resté pyrotechnique,
et qu'il n'a jamais pavoisé avec plus de luxe ni de grâce

en l'honneur de ses hôtes. Dans ces jours fastes, en effet, comment éviter une recrudescence d'orgueil et de foi en la vitalité de sa patrie, quand on peut, comme aujourd'hui, d'un seul regard, embrasser, par exemple, tant de petits palais, symboles d'un immense et tout jeune domaine, dont les fils aux teints d'ivoire, d'ocre ou d'ébène, Tunisiens, Tonkinois, Congolais, Cambodgiens, Malgaches, Annamites, Dahoméens, font en même temps sonner à nos oreilles leurs premiers bégaiements de cette langue qui vous a, Messieurs, pour gardiens, le doux parler de la France, notre mère et leur tutrice ?

J'arrivais ainsi à dire que toutefois, vers l'époque où furent joués les *Faux Ménages*, les Français pouvaient, en plus, se leurrer d'une illusion téméraire : celle de croire qu'ils fussent invincibles. Et cette pièce de Pailleron, la dernière qu'il ait composée sous le régime impérial, est bien, par sa conclusion altière, d'une période de notre histoire où un verbe haut et sec, d'une imprévoyante vivacité, allait de compagnie avec les airs vainqueurs. Mais bientôt le sens moral de l'auteur, durant le bouleversement des choses qui se préparait, se transformera luimême sur le point où justement il venait de se prononcer. Quand Pailleron redonnera une œuvre, après la tourmente, sur la scène rouverte de la Comédie-Française, ce sera la négation immédiate de la thèse qu'il sortait d'y proclamer.

Messieurs, après trente ans déjà, et pendant longtemps encore, chaque fois que, de cette place, quelqu'un vous racontera l'un des vôtres, il lui faudra faire allusion à la guerre de 1870. Qu'il s'agisse même d'un personnage aussi

loin que possible des affaires du gouvernement, d'un dra-
maturge comme Pailleron, d'un romancier, d'un savant ou
d'un poète, on retrouve, dans sa destinée, la trace de la
catastrophe, une brisure, ou, tout au moins, l'empreinte
infligée par l'année terrible. L'antiquité disait des gens
qui portaient sur le visage un souci mystérieux, que ceux-
là revenaient de consulter l'oracle de Trophonius, épreuve
à laquelle concouraient tous les éléments de l'horreur :
glissement dans l'abîme, cris d'enfants, sanglots de femmes, clameurs d'hommes, mugissements d'animaux, flam-
mes de foudre, bruits d'ouragan et de tonnerre. Un antre
machiné de même, et autrement formidable, se creusa
naguère sous les pas de la France. Ceux qui en ressorti-
rent avaient également vu le Styx, entendu des voix pro-
phétiques ; et la pâleur de leurs figures reflétait quelque
chose de la sagesse sacrée... Chez les races assez fortes
pour survivre à la défaite, profiter de la leçon et se rele-
ver, une vertu apparaît, qui ne pousse guère dans les
jactances de la victoire : c'est la pitié magnanime, le sentiment qui a connu et compris tout ce que la défaillance
renferme souvent d'héroïsme malheureux ; c'est la clé-
mence fraternelle pour les vaincus de la vie.

N'est-ce pas cela qui explique pourquoi Pailleron, si
rigoriste en 1869, ne prêcha que la miséricorde, dans sa
pièce de 1872? Et voilà qui nous permet de constater, aussi,
combien le théâtre est un instrument de précision et de
sensibilité où s'inscrivent, à l'instar du sismographe,
tous les tremblements de mœurs. Les trois actes en vers
d'*Hélène* sont intitulés tragédie bourgeoise par leur auteur, qui les a sentis et rédigés dans le tragique réveil de

l'âme nationale. Le dénouement d'*Hélène* enseigne le pardon de la femme coupable et mortifiée, son relèvement de la chute par la générosité de l'homme. Dans l'élan chevaleresque où Pailleron ne craint pas de se démentir, voici les nouvelles théories qu'il professe, en deux vers :

> Dieu donne le plus faible à garder au plus fort.
> . . . .
> On n'est que juste, alors que l'on est indulgent.

Dorénavant, il ne flagellera plus jamais la créature en détresse. Pour chaque occasion future, dans son adresse à contourner les sujets pénibles, à les franchir sans peser, nous apercevrons presque les scrupules d'un auteur qui ne veut plus que personne pleure sur soi-même en l'écoutant.

Quelques années se passèrent sans que rien de lui réoccupât la scène, comme s'il eût laissé le temps de renaître à tout son beau rire communicatif. Il se recueille, il médite, il flâne. Il s'avise aussi de renoncer au théâtre en vers, et de reprendre la chaîne de son œuvre au point où la prose y a commencé. Les maillons nouveaux, il va les rattacher au maillon de style simple et lisse que sa main avait, une première fois, tenu lors du *Monde où l'on s'amuse*. Ainsi se voit l'enchaînement avec *le Monde où l'on s'ennuie*, dans la rédaction des titres eux-mêmes, et dans ce cas de réminiscence par le contraste. Mais avant d'avoir fondu, ciselé, parachevé cette pièce maîtresse, l'habile artisan se plaira fréquemment à frapper des piécettes. Entre temps, il a exécuté le joli marivaudage de l'*Autre Motif*. Il s'adonnera de nouveau à son art mignon de la pièce en un acte, en écrivant *Petite Pluie*, qui contient cette définition célèbre de l'amour : « Des grands mots avant, des petits mots pendant, et de gros mots après. » Plus tard encore, dans les rencontres du chemin, il fera jaillir l'*Étincelle*. L'expression qui qualifie justement cet ouvrage n'a que le défaut d'être trop redite : l'*Étincelle* est un joyau. L'auteur n'admit, dans ce travail, aucun procédé commun, aucune substance vulgaire. L'intrigue est affinée, les nuances y sont de la plus pure délicatesse. Vous vous rappelez comme ce cœur d'homme a des feux indécis sous le regard de deux femmes; vous vous rappelez avec quelle abnégation une fillette adorable immole obscurément son rêve. L'*Étincelle* laisse un souvenir d'opale aux reflets changeants, le souvenir aussi d'un beau petit deuil d'âme, en teinte d'améthyste; et l'on y a passé, tour à tour, devant toutes les perles du rire ingénu, devant tous les rubis de la coquetterie amoureuse.

Les trois actes de l'*Age ingrat* furent représentés au Gymnase, quand Pailleron en était à cette heure du talent mûri, à ce degré de réputation où l'on n'attendait plus de lui qu'un ouvrage neuf d'importance, pour le classer définitivement. L'*Age ingrat* fit merveille par son brio, son entrain, par la virtuosité qui savait si bien tresser les brins d'intrigues multiples, et qui, pour une vingtaine de personnages, fixait en une minute l'originalité de chaque physionomie. Devant l'unanimité des congratulations, Pailleron put croire qu'il venait de produire à la lumière l'heureux enfant qui serait chargé de faire subsister son nom. Et pourtant ce fils-là, conformément à un cas qui se lit dans la Bible, ce n'était encore qu'Ismaël. Un frère de meilleur aloi devait venir déposséder l'*Age ingrat* de sa qualité présomptive. Et bientôt tout spectateur du *Monde où l'on s'ennuie* pourra s'approprier les termes d'exultation que le verset de la Genèse prête à Sara : « Le Seigneur m'a donné un sujet de ris et de joie ; quiconque le connaîtra s'en réjouira avec moi. »

Ce fut en 1881 que vint le moment, pour Pailleron, d'un des plus complets triomphes qu'auteur dramatique ait jamais remportés.

Et c'est ici que ma tâche deviendrait malaisée à l'excès, s'il m'incombait de vous décrire une pièce qui semble être le papillon des malices et des grâces françaises. Comment m'épargnerais-je l'air importun de brandir un filet de gaze verte, si je tentais de saisir, dans les rugosités de l'analyse, une œuvre aussi fraîche, alerte, fantaisiste, et cependant décidée vers son but, où elle vole d'une fleur de l'esprit à une prochaine fleur? Mais *le Monde où l'on s'ennuie* est au-dessus des explications. Il n'a besoin d'être présenté à qui que ce soit. Il est intimement connu de chacun. Nul, après l'avoir vu, n'a résisté au désir de le revoir. Et si je m'exprime maintenant à son sujet comme s'il s'agissait d'une personne presque, c'est que dans la création d'un chef-d'œuvre l'auteur insuffle l'âme de son âme ; c'est que la magie du talent fait des métamorphoses où l'homme de lettres s'incorpore à la chose par lui écrite ; c'est qu'en l'ouvrage dont je parle, on croit que respire même l'ouvrier qui l'a fait, et que Pailleron y rit toujours, de tout son être railleur, et qu'il continue d'y donner aussi à entendre, plus bas, rien qu'un peu seulement, les attendrissements vite effarouchés de sa réelle nature.

Nous ne manquerons pas toutefois de remarquer, pour

la vérification de nos prémisses, que *le Monde où l'on s'en-*
nuie fut encore un gage fourni par l'auteur aux idées con-
servatrices, que ce fut la déclaration toujours nette et
positive d'un ami de l'ordre institué. Les sarcasmes, les
boutades, les aiguillons de la pièce étaient dirigés contre
la prétention, chez la femme, d'apprendre à philosopher
comme l'homme, à ratiociner, à tenir enfin avec capacité
des raisonnements justes ou stupides, comme l'homme.
Pailleron se fit fort de réduire une tentative insurrection-
nelle, qui n'en était pas à son coup d'essai, et au bout de
laquelle on pouvait voir poindre cette révolution : le
féminisme. Mais dans les conditions qu'il dictait aux
rebelles, il se montrait bon prince. Il ne les reléguait
pas sous l'ancien assujettissement de raccommoder les
chausses, pour principal emploi de leurs facultés. Il les
embarquait pour Cythère ; il les déportait dans un paysage
de Watteau. Écoutez plutôt son porte-paroles, la duchesse
de Réville : « Se faire faire la cour le plus possible, dit-
elle, par des jeunes gens le plus beaux possible... » Elle
décide encore : « Il n'y a qu'une chose dont nous autres
femmes nous ne nous lassions jamais, c'est d'aimer et
d'être aimées. Il n'y a qu'un vrai bonheur pour nous,
un seul, c'est l'amour !.. c'est l'amour !.. » Comment les
hommes n'auraient-ils pas acclamé un si profitable rappel
à ce cher vieux principe dont vivent toutes les bonnes
sociétés, sans compter les mauvaises. Et si les femmes
avaient été assez cruelles pour vouloir protester, elles l'auraient fait sans doute avec le ton de reproche qui défaille,
et le geste qui déjà tombe en faiblesse.

Une comparaison s'était immédiatement imposée avec

les *Précieuses ridicules*. La critique accorda que *le Monde
où l'on s'ennuie* en approchait; mais on maintenait une distance en faveur de la pièce dont l'auteur n'existait plus.
L'adage ne commande pas que l'on doive toute la vérité
aux vivants, surtout quand elle leur serait trop agréable.
Aujourd'hui que Pailleron a brisé l'infériorité de classe où
ceux de ce monde voient arbitrairement reléguer leurs
travaux vis-à-vis des travaux des défunts, aujourd'hui
qu'il est entré dans la majestueuse aristocratie de la
mort, osons lui rendre pleine justice. Je ne croirai pas
profaner la gloire de Molière, attenter à la haute et
large forêt de ses œuvres, en énonçant que les *Précieuses
ridicules*, que cette farce puissante, mais cette farce, n'a
point demandé plus de pétulance enjouée, plus de nerf
comique, plus de fertilité d'invention, plus de science théâtrale, plus de génie de la scène, que *le Monde où l'on s'ennuie*. J'entends sans doute que l'on propose de renvoyer
la cause à plus tard, lorsque la taille de Pailleron aura été
prise et fixée, à son tour, par la postérité. Mais, de nos
jours, grâce à la promptitude des communications entre
les peuples, l'auteur dramatique est mis à même, dès son
vivant, d'aborder cette sorte de postérité qui commence à
l'autre côté des frontières. Que l'œuvre littéraire ait à
franchir l'espace, au lieu de traverser le temps, elle com-
paraît également devant un second degré de juridiction
où elle est examinée, avec une différence d'optique, et dans
une indifférence relative par rapport aux engouements et
aux influences de proximité. Au sujet du *Monde où l'on
s'ennuie*, le soir de la première, les confrères, qui félici-
taient Pailleron de cette victoire sans conteste, déplo-

raient pourtant, avec une sollicitude dont je ne saurais rendre toutes les intonations, qu'il y eût là un talent trop parisien pour être goûté au delà de l'enceinte de la ville. Or la pièce, bientôt traduite dans toutes les langues, devait faire le tour de la planète, du Caire à Port-au-Prince, de la Haye à Valparaiso, de Melbourne à Saint-Pétersbourg. A être applaudie par les populations précoces comme chez les races moins avancées, elle allait réunir, sur la seule échelle des contemporains, les suffrages de divers âges ; elle allait démontrer qu'elle contenait cette part de traits généraux, de lignes essentielles où les membres de l'humanité se reconnaissent en commune famille, dans l'éloignement des longitudes, aussi profond que l'éloignement de l'avenir.

Ainsi donc Pailleron atteignit au succès absolu, au Succès qui, sans plus de qualificatif, s'écrit avec la majuscule. Le langage courant affirme que le succès n'est rien dans la vie de l'artiste, que le talent est tout. J'admettrais plutôt que succès et talent s'apportent, l'un à l'autre, le complément, l'harmonie de l'âme avec le corps. Le succès sans talent, c'est un corps sans âme ; c'est l'enveloppe grossière et vide qui marche à l'aventure. Le talent sans succès, n'est-ce pas une âme errante?... une âme en peine? Son propre succès, chacun peut en considérer les formes matérielles. On le voit s'agiter ; on l'entend battre des mains. J'allais dire : on le touche. De plus, il est irréductible. Aucune controverse de l'esthétique ne peut faire que les cinq cents représentations du *Monde où l'on s'ennuie,* à la Comédie-Française, en comptent une seule de moins. Mais le talent!.. Il est toujours aux prises avec les contestations des interlocuteurs qui, à leur gré, selon qu'ils ont bien ou mal dormi, vous accordent d'en avoir un peu, beaucoup, pas du tout. Lequel dit vrai? Comment être certain de son talent, à soi? Comment en savoir l'exacte mesure?... Ah! que souvent l'on est pris de doutes!... Il y a bien les heures d'extase!... les bonnes exhortations, les encouragements qui apportent la foi. Mais un blasphémateur, en passant, vous crie : « — Ton talent? cette âme que tu crois avoir, ça n'existe pas! » Et pour imprimer une négation aussi affreuse dans le feuilleton ou la chronique, il se trouve des impies, des mécréants, des philistins!.. Ne dédaignons donc point le corps, tout en vénérant l'âme ; et saluons, dans le *Monde où l'on s'ennuie* et son auteur, cette double santé : un talent sain dans un succès sain.

Ce parfait équilibre de l'organisme ne se rencontre guère qu'aux instants le plus favorables dans l'existence d'un artiste. Pailleron en eut bien l'intuition, car à toutes les ressources de son esprit, il joignait les prudences du savoir-vivre. Il fallut de pressantes sollicitations pour qu'il se décidât, au bout de quatre ans, à donner *la Souris*, où son talent fut, cette fois, supérieur à son succès. Encore neuf années de réserve, de repliement sur soi-même comme la sensitive qui a été touchée, et, avec *Cabotins*, Pailleron retrouva les satisfactions d'un succès sonore et prolongé. Mais il avait beau continuer à produire des caractères de haute comédie, comme celui de Pégomas, et des épisodes pleins d'intérêt ou d'agrément, il ne pouvait plus modifier, dans la connaissance de chacun, ni corriger, ni altérer son effigie définitive d'auteur du *Monde où l'on s'ennuie*. La délicieuse sous-préfète qu'il y a placée ne manquerait pas

ici le prétexte d'une citation facile : « L'abbé de Vertot
disait, quand on lui apportait des documents nouveaux sur
le siège de Rhodes : — J'en suis bien fâché; mais mon siège
est fait. »

Pailleron dut souffrir de se heurter ainsi contre une
rédaction *ne varietur* au chapitre de sa renommée dans
l'histoire de notre théâtre, alors que son esprit, toujours
vivant persistait à se tourner vers des projets de création
et des rêves neufs. Il eut cependant de quoi être fier aussi,
en recevant ce très enviable certificat de libération que le
consentement public lui décernait, comme à celui qui a
fait son œuvre envers son époque. On ne rectifiera pas
davantage la légende qui, par la suggestion des assonances,
fait papilloter le nom de Pailleron, dans la plupart des
mémoires, avec un radieux éclat de feux de paille, de
paillettes et de paillons. Nous aurons essayé pourtant de
montrer ce que l'auteur de l'*Étincelle,* sous une verve
étincelante, en effet, sous tous les scintillements du détail,
a mis de volonté persévérante et de conscience robuste en
ses ouvrages. Nous l'avons vu éviter les productions
hâtives, prendre les délais qu'il faut dans un art de précision pour polir, mettre au point, ajuster à l'engrenage
ce que l'auditeur appelle ensuite un mot spontané, une
repartie prime-sautière. Nous l'avons vu, de pièce en pièce,
par les gymnastiques de la réflexion, assouplir jusque
dans chaque membre de phrase son talent musclé. Ce
sera n'avoir rien omis de son riche bagage littéraire que
d'y faire figurer, avant de finir, en outre de ses discours
académiques qui sont des modèles du genre, les deux
actes de *Mieux vaut douceur... et violence,* le volume du

Théâtre chez Madame, où se trouvent notamment le *Chevalier Trumeau* et le *Narcotique*, fantaisies d'un archaïsme exquis, puis un livre : *Amours et Haines*, et un autre livre : *Pièces et Morceaux*, dont les titres simples rappellent l'homme qu'il était, de franchise et d'un extérieur à la bonne franquette.

Pendant de longues années, il fut l'habitant fidèle des bords de la Seine. Au quai Malaquais, ensuite au quai d'Orsay, on dirait qu'il ait voulu mener sa carrière parallèlement au fleuve, avec lequel, sur divers points sans doute, il se trouvait des affinités. Le tempérament physique et moral de Pailleron était né avec quelque chose de plantureux qui fait songer d'une source en pays bourguignon. Dans les idées de l'auteur, rien n'afflua non plus de l'étranger ; tout le cours en est français et parisien, comme le flot de Seine. Aussi quand, poursuivi par des expropriations réitérées, il lui fallut, en ces derniers temps, quitter sa demeure, ce ne fut pas pour lui le vulgaire ennui d'un déménagement : ce fut un cataclysme. Contre ce destin qui venait encore changer le lit de son existence, il se plaignait avec une apparente exagération, avec des murmures dont ni ses proches, ni ses amis ne démêlaient les causes profondes et, pour ainsi dire, mythologiques : c'était qu'il devait mourir, quand il aurait rompu le charme qui l'attachait à la nymphe de la Seine. Il retarda autant qu'il put la minute de cette rupture, cherchant en aval, en amont, jusque dans l'île Saint-Louis, un asile riverain. Enfin, il accomplit sa pérégrination vers le parc Monceau avec autant de tristesse que si une prédiction lui en eût dénoncé les ombrages comme peuplés de divinités malfaisantes. A l'instant d'élire domicile sous son nouveau toit, il considéra le vestibule du coin de son œil qui prenait si vite la mesure des choses ou des gens. Et, avec le ton où il excellait pour ramener les drames humains à des conclusions de vaudeville, il fit légèrement cette observation : « Quel bel emplacement pour mon catafalque ! »

Il est mort, ayant caché ses mois de maladie, comme sa discrétion aimait, derrière ses œuvres offertes au public, dissimuler sa vie privée. Et c'est ainsi que, faisant à regret le silence sur les traits mémorables de sa personnalité intime, j'ai cru respecter le mieux son désir muet. Il n'a même dévoilé, dans aucune préface complaisante, la genèse de ses pièces ni la méthode de ses développements. Parmi les illustres émules qu'il eut dans sa génération, ou pour aînés et pour cadets, il fut un des seuls, dont la pensive sauvagerie ferma, contre l'immixtion de tout collaborateur, la porte de leur cabinet de travail.

Le sien était une haute salle, autour de laquelle couraient des frises en bois doré ayant les aspects tordus et trapus du XVIIe siècle. Contre les murailles, grimpaient des monstres de soie, en broderie du Japon. Entre des personnages de tapisserie énigmatiques et d'autres monstres en cloisonné aux gueules béantes, se dressait une cheminée gigantesque, surmontée d'un panneau où des singes culbutés dardaient la diablerie de leurs regards à travers un éboulis de roses. On n'ignore pas que le maître du logis, au milieu de ce décor enguirlandé, fantastique et drôle, se plaisait à revêtir une robe de bure, pour s'attabler devant la besogne. En cette atmosphère de solitude voulue et de mystère hermétique, sous les gros plis

du vêtement, sous le capuchon encadrant une figure si
narquoise et si fine, prenons et gardons la vision d'Édouard
Pailleron comme celle d'un charmant alchimiste de la
matière scénique. Assisté de génies grimaçants, sous
l'éclat de belles fleurs peintes, — attributs de l'art théâ-
tral, — maniant la demi-douzaine de situations et de
caractères qui sont les éléments de tout effet dramatique,
l'enchanteur, avec ses secrets, ses recettes, ses dosages,
a opéré de brillantes transmutations. Il a combiné, dans
des proportions qui lui appartiennent, le plaisir et l'émoi,
le devoir et l'amour, l'argent et l'honneur, le plomb vil et
l'or pur des sentiments, vieux métaux éternels pour la forge
et le fourneau des auteurs tragiques ou comiques.

RÉPONSE

DE

M. F. BRUNETIÈRE

MEMBRE DE L'ACADÉMIE

AU DISCOURS

DE

M. PAUL HERVIEU

Prononcé dans la séance du 21 juin 1900

Monsieur,

N'est-ce pas une chose vraiment admirable, — et tout à
la gloire de notre commune modestie, — qu'aucun de
nous, en prenant place dans cette Compagnie, ne se fasse
honneur à lui-même des suffrages qui l'y ont appelé ? Non !
Messieurs, disons-nous tous, ou presque tous, non, ce
n'est pas moi que vous avez élu, c'est le fils de mon père ;
c'est l'élève de mon maître ; c'est l'ami de mon ami ; et,
puisque nous le disons, assurément nous le pensons ! Vous
n'avez pas voulu, Monsieur, vous singulariser en vous déro-
bant à l'usage ; et vous avez pensé, vous êtes convaincu que
l'Académie française, en vous choisissant pour succéder

au brillant auteur du *Monde où l'on s'ennuie*, ne s'est préoc-
cupée que de donner à Édouard Pailleron cette satisfac-
tion suprême d'être aujourd'hui loué par l'un de ses plus
chers amis. Et, sans doute, si vous vous y obstinez, je ne dis-
conviendrai point qu'il y ait eu quelque chose de cela dans
les intentions de l'Académie! Quand l'Académie française,
qui ne regarde pas quelquefois à remplacer un historien
par un poëte, ou un mathématicien par un évêque, offre,
comme aujourd'hui, le fauteuil d'un auteur dramatique à
un auteur dramatique, elle en a ses raisons. Et c'est bien
vous, Monsieur, qu'elle a choisi en vous, vous d'abord, et
pour vous-même, je crois pouvoir vous en rendre certain;
mais elle est heureuse aussi qu'un nom qui, pendant tant
d'années, comme celui d'Édouard Pailleron, a été pour elle
une parure, soit célébré d'une manière et avec un éclat
dignes de lui, — et d'elle.

C'est ce que vous venez de faire. Si je puis me vanter
d'avoir moi-même un peu connu notre regretté confrère, et si j'ai bien apprécié ce qu'il y avait d'ironique-
ment défensif dans son attitude accoutumée, vous venez
de faire de lui l'éloge non seulement le plus spirituel et
le plus pénétrant, — je dirais volontiers le plus aigu, —
mais encore l'éloge qu'il eût le mieux aimé, pour la liberté
de jugement qui s'y mêle à la fidélité de votre souvenir
et à la sincérité de votre émotion. Vous ne nous avez pas
révélé Pailleron : son théâtre y suffisait! et, à vrai dire,
nul n'a guère su de lui que ce qu'il en a bien voulu laisser
passer dans son théâtre. Il était un peu mystérieux. Mais
vous nous avez admirablement défini l'originalité de son
œuvre. Vous nous avez admirablement fait voir ce qu'il y

a eu de conscience professionnelle, d'ingéniosité, d'invention et d'art dans le maniement adroit de ces moyens dramatiques dont Pailleron lui-même, avec une feinte insouciance et un peu d'inquiétude, ne craignait pas quelquefois de nous dénoncer l'artifice. Il excellait ainsi à dérouter la critique, en la prévenant; et, d'une objection qu'il prévoyait, il se faisait, en habile homme, un élément de succès. Vous nous avez encore montré ce qu'il y avait de signification lointaine, et, par conséquent, de raisons de durée, dans son œuvre. Il avait, vous nous l'avez dit, des instincts de propriétaire, et, tous les conservateurs ne sont pas des propriétaires, mais, sans que l'on en devine exactement le motif, la plupart des propriétaires sont des conservateurs. L'œuvre de Pailleron, dans sa forme légère, fut certainement une œuvre de « conservation sociale ». Aussi bien la comédie, la vraie comédie, celle qui fait rire, la comédie d'Aristophane et de Molière, n'a-t-elle pas toujours été conservatrice? On s'y est plus d'une fois trompé. C'est une autre comédie, celle de Dumas fils et de Diderot, la comédie dramatique, la comédie où l'on pleure, qui est volontiers réformatrice ou révolutionnaire; et à ce propos, il est fâcheux que, pour désigner deux espèces si différentes, — *la Dame aux Camélias* et *le Monde où l'on s'ennuie*, *le Père de Famille* et *les Femmes savantes*, — nous ne disposions, en bon français, que d'un seul mot. Enfin, Monsieur, sous le rire étincelant de la comédie de Pailleron, vous n'avez pas omis d'indiquer, sans y insister, tout ce qu'il y avait de sensibilité réelle, d'émotion, de délicatesse; et j'aime à répéter ce que vous nous avez si bien dit de la grâce pudique de ses jeunes

filles, « dont les bras candides font flotter sur son œuvre
comme une longue écharpe blanche ». Ne serais-je pas bien
imprudent de vouloir ajouter quelque chose à cette analyse
si précise de l'œuvre, à ce portrait si vivant de notre heureux confrère ? J'en serais aussi très embarrassé ! Non, en
vérité, l'Académie ne s'est pas trompée en vous choisissant pour lui retracer la physionomie d'Édouard Pailleron ;
et personne, mieux que vous, n'eût pu répondre à notre
intention.

C'est peut-être que vous avez, parmi beaucoup de dif-
férences, plus d'un trait en commun avec votre prédéces-
seur, et notamment celui-ci, de n'avoir jamais livré de
vous-même, à vos lecteurs, que vos écrits. La discrétion
faisait le fond du caractère de Pailleron ; et sa plaisan-
terie, toujours mordante, souvent un peu dure, n'était
qu'une manière d'éloigner la familiarité. On pouvait être
son ami ; il n'avait point de « camarades » ! C'était le
plus galant homme du monde, mais il n'avait rien, tel du
moins que je le revois, de ce qu'on appelle un « bon
garçon ». Si vous lui ressemblez en ce point, souffrez,
Monsieur, que je vous en félicite ! et permettez-moi, quoi-
que je l'aie dit bien souvent, de saisir, en vous souhaitant
votre bienvenue parmi nous, l'occasion de le redire encore : je ne sache rien de plus déplaisant, en littérature, —
et ailleurs, — ni rien de moins littéraire, ni vraiment,
en un certain sens, rien de plus immoral, que cette manie
qu'on a de se prodiguer, de s'étaler soi-même en ses
écrits, comme si l'on se flattait de conquérir à sa personne
une admiration, ou une sympathie, que l'on a donc grand'-
peur de ne pouvoir éveiller par ses idées, retenir par

ses œuvres, et satisfaire par son talent. Dieu nous pré-
serve des *Montreurs!* c'est le nom, vous vous le rappelez,
qu'un grand poète leur a donné. Édouard Pailleron, vous
avez eu raison de le faire observer, poussa l'horreur de ce
cabotinage jusqu'au point de n'avoir pas écrit, pour expli-
quer, je ne dis pas Édouard Pailleron, mais son œuvre,
une seule *Préface!* Vous partagez, Monsieur, cette aristo-
cratique et salutaire horreur. Vous estimez que nos écrits
n'engagent pas notre personne à nos lecteurs. J'ai lu de
vous des *Dédicaces*, et je m'honore d'avoir des raisons très
particulières d'en garder la mémoire. Mais vous n'avez,
non plus que Pailleron, jamais perpétré de *Préfaces*. Après
tout, on n'en fait guère que pour s'y mirer soi-même, et,
quand on se trouve « bien », pour inviter le public à
prendre sa part de la complaisance que l'on s'inspire.

Aussi, Monsieur, n'abuserai-je pas aujourd'hui de la
facilité qui m'en serait offerte, et je ne vous conterai point
ce que vous savez beaucoup mieux que moi : votre bio-
graphie, votre jeunesse et vos origines. Vous êtes né
en 1857 : ce n'est pas une raison pour que je cherche à
débrouiller la « psychologie » de l'année 1857. Vous êtes
Parisien : ce n'est pas une raison pour que je m'attarde à
faire la monographie du Parisien; — si d'ailleurs il était
possible de la faire, et qu'il n'y eût pas presque autant
de Parisiens que d'individus. Je vous plaindrais plutôt, ou
je vous querellerais de n'être pas assez provincial ! Vous
êtes, je crois, de bonne famille bourgeoise : ce n'est pas
une raison, Monsieur, pour que je vous inflige une dis-
sertation sur l'esprit bourgeois dans le roman ou au
théâtre. Vous avez fait vos études au lycée Condorcet,

qui s'appelait en ce temps-là Bonaparte : vous m'excuse-
rez de ne vous parler ni de vos professeurs, ni de vos camarades, ni même de Bonaparte ou de Condorcet. N'êtes-
vous pas aussi presque docteur en droit? et ne fûtes-vous
pas secrétaire d'ambassade? Le beau prétexte à rechercher
ce que les savantes intrigues de *l'Armature* et de *Peints par
eux-mêmes* trahissent de connaissance des mystères de « la
carrière », et, peut-être, ce que l'on retrouverait de traces
de vos études juridiques dans *les Tenailles* ou dans *la Loi de
l'homme!* Quoi encore? Faites-vous, par hasard, de la bicy-
clette, ou préférez-vous l'automobile? Toutes ces questions,
et d'autres semblables, n'ont été, je pense, inventées qu'en
haine du talent. Tandis que nous nous efforçons ainsi, ou
que nous avons l'air de nous efforcer de le rattacher à ses
origines, nous ne négligeons que de lui rendre justice, et,
tout en feignant de l'analyser dans ses prétendues causes,
nous nous dispensons de l'admirer. Et cela est fort bon,
quand l'admiration ne sait pas où se prendre, ni la justice
où se fixer. Quand un écrivain ressemble à tout le monde, il
faut bien, dans le portrait qu'on en donne, faire entrer tout
le monde. Mais, quand il ne ressemble décidément, comme
vous, qu'à lui-même, c'est alors son originalité d'écrivain
qu'il faut essayer de préciser; c'est son individualité qu'il
est intéressant de mettre en lumière; et, n'y dussé-je réussir
qu'à demi, j'ai la confiance que vous ne m'en voudrez
point. mais vous me saurez gré, Monsieur, d'y avoir ingé-
nument tâché.

« Toutes ses idées surprennent d'abord, car on dirait
qu'elles commencent au point où s'arrête la banalité des

idées habituelles, et l'on est d'autant plus entraîné à
prendre ses manières de voir qu'elles semblent continuer
et prolonger notre pensée plutôt qu'elles ne nous en déran-
geraient ou ne nous en détourneraient. » Songiez-vous à
vous, Monsieur, sans le savoir ou sans vous en être aperçu,
quand, dans un de vos romans, vous caractérisiez en ces
termes l'un de vos personnages? et, comme il nous arrive
en songeant, vous représentiez-vous ainsi la forme d'esprit
que vous eussiez souhaité que l'on reconnût en vous? Ce
qui du moins est bien sûr, c'est que je ne puis trouver
d'expressions qui vous conviennent mieux. Roman ou
théâtre, il n'y a rien, mais absolument rien, de « banal »
dans votre œuvre; il n'y a rien même d'assez banal; et ce
qu'on serait tenté d'y reprendre, ou d'y critiquer, n'y
procède peut-être que de ce dédain de la « banalité ». Non
pas du tout que vous ignoriez le pouvoir de la banalité,
— j'entends son pouvoir légitime, — et la valeur de ce
que vous appelez les idées habituelles. Idées habituelles,
idées communes! Nous ne vivons que d'idées communes,
d'idées banales; et, vous ne l'ignorez pas, le plus ingénieux
paradoxe tire au moins la moitié de son prix de ce qu'il y
a de vérité dans le lieu commun auquel il s'oppose. On ne
le goûterait pas sans cela! La saveur en serait trop amère!
Il faut qu'on l'édulcore d'un peu de banalité! Mais ce que
vous savez encore mieux, c'est que les idées peu habituelles, les idées neuves et originales, sont presque toujours extrêmement voisines... des autres. En fait, elles les
« continuent », ainsi que vous disiez, ou elles les « pro-
longent »; et de « neuves » qu'elles étaient en naissant,
c'est même ainsi qu'elles deviennent à leur tour « habi-

tuelles ». Le progrès scientifique et intellectuel ne consiste peut-être qu'à transformer en vérités courantes et banales des idées qui furent, à leur heure, originales, téméraires, et blasphématoires.

Jeune encore, et presque à vos débuts, dans votre premier ouvrage, *Diogène le Chien,* qui remonte à 1882, comme dans les « Nouvelles » dont le recueil compose votre *Alpe homicide,* c'est donc, Monsieur, ce que vous vous êtes proposé de faire : commencer d'observer au point où s'arrêtait la banalité des observations ordinaires ; essayer de voir plus loin et plus profondément qu'on ne regardait autour de vous ; et obliger le lecteur à vous suivre. Le naturalisme régnait alors chez nous ; et le naturalisme, c'était certainement autre chose, — les Dickens et les Georges Eliot, les Tourgueneff et les Tolstoï auraient dû nous l'apprendre, — mais, en France et dans l'école française, c'était avant tout l'imitation de la vie « dans sa nullité crasse et dans sa platitude nauséeuse » : ces expressions ne sont plus de vous, ni de moi ! Votre goût un peu dédaigneux n'a pu se contenter de cette observation plus caricaturale encore que sommaire. Vous avez compris que l'imitation de la vie ne saurait nous intéresser qu'à la condition d'en être une explication, ou pour le moins une interprétation. Laissant là les « modèles », et les théories des « chers maîtres », vous vous êtes proposé d'aller directement aux choses. Et c'est dès ce temps-là, qu'après avoir commencé d'écrire comme on écrivait autour de vous, il vous a paru nécessaire, pour faire un pas de plus, de vous former un style qui ne fût bien qu'à vous.

On vous l'a quelquefois reproché. Et franchement, Mon-

sieur, je ne puis le nier, on a besoin quelquefois d'un peu
d'attention pour vous lire ; et, comme on l'a fort bien dit, nous
ne ferons jamais que l'attention ne soit toujours une chose
un peu pénible ! Il n'y a pas moyen de vous lire à la volée,
du bout de l'œil, si j'ose ainsi parler. Vous êtes un auteur
difficile ; et, pour vous goûter, il nous faut nous donner un
peu de la peine que vous avez prise pour nous. Mais vous
pouvez du moins répondre, et on a déjà répondu pour vous,
ce que répondait à un semblable reproche l'écrivain subtil
et exquis dont vos romans, — je ne dis pas votre théâtre, —
m'ont rappelé si souvent la manière. « L'homme qui pense
beaucoup, écrivait Marivaux, approfondit les sujets qu'il
traite ; il les pénètre ; il y remarque des choses d'une
extrême finesse, que tout le monde sentira quand il les
aura dites, mais qui de tout temps n'ont été remarquées
que de très peu de gens ; et il ne pourra les exprimer que
par un assemblage et d'idées et de mots très rarement vus
ensemble. » N'est-ce pas là le secret de ce que vous
avez mis de recherche ou de préciosité dans votre façon de
dire ? Il vous a semblé, comme à l'auteur de *Marianne* et
du *Paysan Parvenu,* que la langue usuelle, la langue ordi-
naire, celle du discours et de la conversation, n'exprimait
rien que d'un peu court ou d'un peu gros, et rien surtout
qui ne fût d'une observation facile et trop superficielle.
« Belle marquise, vos beaux yeux me font mourir d'amour, »
voilà qui est sans doute aisé à dire : ce Molière sait toujours prendre son avantage ! Mais voulons-nous exprimer des
choses plus intérieures ou plus cachées, nous n'y réussissons
ni avec les mots, ni avec les tours de l'usage commun. Pour
pénétrer un peu profondément dans l'intimité des cœurs,

il nous faut nous servir d'un acier dont la trempe soit plus rare et la pointe plus délicate. On n'anatomise pas le fin réseau du système nerveux avec un sabre d'ordonnance. C'est ce que vous avez si bien vu, et c'est ce que l'on voit si bien, dans quelques-uns de vos premiers récits : *les Yeux Bleus et les Yeux Verts*, *l'Inconnu* et *l'Exorcisée*.

Autant que des romans, ce sont en effet là de savantes études de psychologie morbide, et, mieux que pas un de vos contemporains, vous avez aperçu, Monsieur, ce que la connaissance de la pathologie des sentiments projetait de vive lumière sur la régularité de leur développement : on n'entend pas grand'chose aux phénomènes dont on n'a pas étudié les « perturbations ». C'est pourquoi, cinq ou six ans durant, votre curiosité, indifférente en apparence aux choses de la vie quotidienne, s'est attachée tout entière à ces phénomènes inquiétants dont le gros mot de « Folie », s'il les enveloppe tous, n'en définit cependant aucun. Qu'est-ce que la folie ? Plût à Dieu que, comme le pensait, de tous nos philosophes, le plus optimiste, le bon sens fût « la chose du monde la mieux partagée » ; et à la vérité, lui-même, notre René Descartes, n'en était pas la preuve, avec ses visions et ses bizarreries, de l'équité de ce partage ! Mais, au contraire, il y a plus de fous que l'on ne le croit, ou encore nous ne délirons pas tous de la même folie ; et qu'y a-t-il de plus intéressant, de plus instructif, de plus troublant aussi, que de considérer, à ce sujet, en combien de manières un homme peut différer d'un autre homme, et tous les deux de l'homme normal des psychologues et des statisticiens ? Qui nous dira d'ailleurs si ce que nous nommons de ce nom de folie, — pour avoir fait plus vite, et nous dispenser d'y regarder de plus près, — ne serait pas, tout simplement, une plus grande irritabilité de la fibre nerveuse; une regrettable facilité de sentir plus vivement, d'être ému plus à fond, de percevoir des nuances plus fines; un don, et un don fatal, de discerner et d'appréhender dans les choses une complexité qui échappe à des sens plus obtus? Telles sont, justement, quelques-unes des questions qu'avec cette témérité ferme et froide qui vous appartient, vous abordiez dans votre *Inconnu;* et, s'il ne m'est pas défendu de mêler un souvenir personnel à ce que je voudrais dire de ce curieux roman, c'est justement aussi ce qui me séduisit, voilà tantôt quinze ans, quand j'eus le grand plaisir d'en lire le manuscrit. C'est un terrible métier, Monsieur, que de lire des manuscrits; mais il a ses compensations!

J'avais déjà goûté dans quelques-uns de vos récits, qu'Édouard Pailleron m'avait signalés, — dans l'*Alpe homicide* ou dans le *Secret du glacier inférieur,* — un art très personnel de noter et de rendre ce qu'il peut y avoir de surprise, de mystère, et de frisson dans les choses les plus simples; je l'avais retrouvé dans *les Yeux bleus et les Yeux verts;* il reparaissait encore dans *l'Inconnu ;* et, je l'avoue, ni Hoffmann, ni Edgar Poe, ni ce Nathaniel Hawthorne, — dont le nom même nous semble évadé de quelque conte fantastique, — ne m'en avaient donné l'impression à un plus haut degré.

Je me rappelle surtout une page, une scène étrange et puissante, où se manifestait toute la portée psychologique et, déjà, la maturité de votre jeune talent. Votre *Inconnu* vient de tomber en état de catalepsie; on le croit mort; et tandis qu'autour de son cadavre présumé toute sa

maison s'empresse, — femme, valets, servantes, et jusqu'au chien du logis, — lui, continue de voir, et d'entendre, et de sentir : je veux dire d'odorer encore.
Cependant, et en observation des rites consacrés, voici
qu'une main pieuse procède, pour commencer, à lui fer-
mer les yeux ; et quelques instants après, une autre main,
jetant un voile épais sur ce masque immobile, intercepte et
lui enlève ce qui siégeait encore de vie dans son odorat ;
et voici qu'une troisième, en l'embobelinant d'une men-
tonnière, supprime enfin la dernière, l'intermittente et
tremblotante communication que l'oreille inquiète entre-
tenait encore avec le monde extérieur. Supposition bizarre !
dira peut-être ici quelque savant ; imagination folle de
poète ou de romancier ! Je le veux bien ! mais imagination
qui donne, en tout cas, à rêver ; et supposition dont on
ne peut s'empêcher de suivre les conséquences. Car,
savons-nous seulement ce que c'est que mourir ? comment
on meurt ? combien de temps quelque chose de ce qui fut
nous survit à la mort apparente ? Et puis, Monsieur, et
ainsi que vous le dites vous-même, avec cette ironie un
peu hautaine que nous allons retrouver dans votre
Armature et dans *Peints par eux-mêmes*, quand cette
supposition ne nous insinuerait que de traiter moins légèrement nos morts, ne serait-ce pas déjà quelque chose ?
« Hommes, qui avez organisé froidement la pompe des
funérailles, comment n'avez-vous pas réfléchi aux parcelles
d'âme et de sentiment que pouvaient conserver les morts,
ni aux ménagements qu'elles méritent, tandis qu'elles vont
s'atténuant jusqu'à la dernière poussière du dernier osse-
ment. »

On ne fit pas à votre *Inconnu* l'accueil qu'il méritait : je dois le dire. Notre public n'aime pas beaucoup ces histoires de fous, comme s'il en redoutait le choc pour la fragilité de son bon sens; ou, plutôt, parce qu'elles lui imposent l'obligation de réfléchir, de s'interroger sur lui-même, et de mesurer la faiblesse de cette raison dont nous sommes si fiers. Mais vous n'aviez pas perdu votre temps; et _a dut en convenir, et on en convint unanimement, quand parut *Peints par eux-mêmes*, votre chef-d'œuvre peut-être, à mon sens, et, sous la parfaite convenance de la forme, un des romans les plus audacieux qu'on ait écrits depuis vingt-cinq ans.

Audacieux! Ce mot et ses synonymes reviennent souvent dans mon discours; ils y reviendront tout à l'heure; c'est qu'il n'y en a pas qui définissent mieux l'un des aspects de votre talent. Vous ne faites point de bruit, et il vous semblerait inélégant d'en faire. Vous ne prévenez point les gens de vos audaces : il vous suffit de les avoir osées. Mais, tout tranquillement, avec une intrépidité de coup d'œil et une fermeté de main qui ressemblent à celles du chirurgien, c'est à peu près ainsi, Monsieur, que vous débridez les plaies et que vous opérez les vices de notre société... Je ne puis songer sans quelque étonnement que l'on a souvent parlé de vous comme d'un romancier bien « parisien », et d'un peintre attitré des élégances mondaines. Quelle erreur! et comment vous avait-on lu? Assurément, le « Parisianisme », puisqu'il faut l'appeler par son nom, ne fait pas défaut dans vos romans, et l'élégance y est d'autant plus exquise qu'elle y est moins affectée! Mais, dans *Peints par eux-mêmes,* quel tableau vous nous donnez du monde; et, — supposé que les traits n'en soient pas un peu exagérés, — quelle vulgarité, quelle grossièreté d'appétits, quelle bassesse de sentiments, quelle perversion du sens moral s'y dissimulerait sous le vernis du luxe. Ah! Monsieur,

Vous n'en épargnez point, et chacun a son tour :

y compris même les gens de lettres, en la personne de ce romancier « populaire », qui écrit si drôlement à son frère, le peintre à la mode : « Quant à mon travail, je poursuis mon roman sur les caissiers. Garriard dit déjà que ça va être épatant. Il m'a d'ailleurs lui-même donné quelques bons détails sur des coups que le second mari de sa mère a faits avant de filer en Belgique. » Ce Garriard n'est-il pas admirable? Il y a encore Mme Vanaut de Floches, et sa lettre à son mari, M. Vanaut de Floches, maréchal des logis de dragons en service de réserve à Mortagne : « Je vous préviens, — lui écrit-elle en lui annonçant l'arrivée du baron Munstein et de sa fille au château de Pontarmé, — je vous préviens que je renonce à faire aucune espèce de frais pour ces Munstein. Du reste, c'est facile de voir qu'on ne peut compter devant leurs millions que quand on commence à avoir trente-deux quartiers de noblesse. Eh bien! ils verront ce qu'ils compteront devant moi! D'autant qu'il me semble qu'ils ne nous serviraient à rien. Enfin, vous me direz pourtant votre opinion là-dessus. » C'est le grand avantage de la forme épistolaire que, comme le promettait le titre de votre roman, vos personnages se chargent de s'y peindre eux-mêmes : et, cette forme, je ne crois pas, Monsieur, qu'on l'ait jamais mieux maniée que vous, avec

plus de naturelle aisance. Je ne crois pas, dans une intrigue
où concourent une douzaine de personnages, qu'on les
ait écoutés plus docilement parler, ni que l'on ait su conserver plus fidèlement à chacun le langage, le style, je
dirais volontiers l'orthographe de sa condition. Elle est
plus correcte que leur conduite, et leur « écriture » vaut
mieux que leurs sentiments.

Mais je ne veux pas appuyer sur ce point... Raconter,
après vous, cette intrigue ou ce drame, ce serait à la fois
vous trahir et m'exposer moi-même à la plus désavanta-
geuse des comparaisons. Ce serait courir aussi le risque
de donner de *Peints par eux-mêmes* une impression qui ne
serait pas entièrement conforme à la vérité. Je veux dire
que tous ces sujets un peu hardis, qui sont la matière habituelle du roman de mœurs ou de la tragédie domestique,
— et qui l'étaient déjà du temps des Atrides et des Lab-
dacides, — on les fait paraître immoraux, dès qu'on essaye
de les résumer ou de les réduire au fait divers qui leur
sert de support. Si l'on y réduisait l'histoire de *Monsieur
de Camors* ou de *Julia de Trécœur*, et que l'on commençât
par les transcrire pour cela dans le style de la *Gazette des
Tribunaux*, ne serait-ce pas outrager la mémoire de celui
qui fut peut-être le plus noble de nos romanciers contemporains? et ne serait-ce pas faire preuve de quelque étroi-
tesse d'esprit? Je ne raconterai donc pas, après vous, la
criminelle et douloureuse aventure de Mme de Trémeur et
de M. Le Hinglé. Si quelqu'un ici l'ignorait, qu'il la lise!
Qu'il y reconnaisse, dans un sujet difficile à traiter entre
tous, je ne dis pas seulement la tenue littéraire, je dis,
et je n'exagère point, la gravité du style! Qu'il y admire

cette pleine possession de vous-même qui est encore l'un
des caractères de votre talent! et, bien loin de m'en
vouloir, qu'au contraire il me soit obligé, en n'en disant
pas plus long, de ne lui avoir pas envié la surprise de
son plaisir.

Ce que l'on pourra seulement se demander, Monsieur,
c'est vraiment si le monde ressemble à l'image que vous
nous en tracez. Oh! vous vous y connaissez certainement
mieux que moi! C'est pourquoi, quand vous m'assurez, par
la plume de l'un de vos personnages, que « l'utilité d'un
salon n'est que d'être inutile »; qu'il n'y faut voir qu'un
lieu « paré pour de perpétuelle parades, où tous les actes
sont oisifs et toutes les paroles convenues »; et qu'enfin
le triomphe de l'art y est « de dissimuler ses besoins, de
maquiller ses laideurs, de voiler ses vices, de réprimer
ses vertus, de feindre par le visage et de mentir pour cau-
ser », je vous en crois, Monsieur, c'est-à-dire pour autant
que vous répondiez des boutades de votre Guy Marfaux.
Je vous entends, et je ne m'attends point à une berqui-
nade. Et quand son frère, Cyprien Marfaux, le bohème et
le romancier « populaire », lui demande là-dessus quelles
raisons l'attirent dans un pareil milieu, je conçois encore
très bien que Guy lui dise : « Cela, mon garçon, c'est ma
fantaisie : Fromentin préférait le Sahel; d'autres se com-
plaisent devant le carreau des Halles, peignent des scènes
du Vatican, ou des équipes de canotiers. Liberté à tous!
Sainte Liberté des autres, je te salue, et passant mon chemin, je vais vers ce qui est de mon goût, par exemple,
les nuances et les formes d'un bal en habits de couleurs. »
C'est un peintre qui parle, et je l'approuve de préférer à

tout les formes et les nuances. J'en conçois même de sa
peinture une idée favorable. Mais ces habits de couleurs ne
recouvrent-ils toujours que des comédiens? Entre deux
figures de cotillon, si l'on n'a peut-être pas le loisir d'agiter de très hauts problèmes, est-ce qu'il n'y a pas quelquefois, dans un bal, des gens qui ne danseraient point? Est-ce
que même, de danser, cela nous empêcherait, — le matin,
par exemple, — de penser à autre chose? d'avoir d'autres
qualités que celles qui servent dans le monde? et pourquoi
pas, au besoin, des vertus? Honoré de Balzac, lorsqu'on lui
posait de semblables questions, y répondait en énumérant
ce qu'il avait clairsemé de vertus parmi les héroïnes de sa
Comédie humaine. Si vous vouliez faire à votre tour une
pareille énumération, ne serait-elle pas un peu brève? et si
la plupart de vos mondains n'ont que de petites âmes, des
âmes falotes et méprisables, devons-nous donc entendre,
Monsieur, qu'à votre sens le « monde » serait ainsi fait
que, sous sa « perpétuelle parade », on ne saurait y dé-
couvrir quoi que ce soit de sain, d'honnête, et d'innocent?

Non, sans doute, Monsieur, ce n'est pas ce que vous
avez voulu dire, ou nous suggérer. Mais, de vos « mondains » il vous a plu, comme c'était votre droit, de ne
retenir, pour uniquement le peindre, que ce qu'il y avait
en eux de « mondain ». Vous en faisiez à l'instant remarque, en nous parlant de l'emploi des vicomtes et des
baronnes dans le théâtre ou dans le roman : de même
qu'Édouard Pailleron, — et nos classiques avant lui, —
vous avez eu besoin de « types dont le naturel ne fût pas
influencé par les spécialités d'une profession; » et c'est pour
ce motif que, comme lui, vous avez titré vos mondains. Le

titre, aux mondains du théâtre ou du roman, est un certificat, non d'origine, mais de condition. Nous sommes avertis
par lui de ne voir en eux qu'eux-mêmes, et de les tenir,
pendant toute la durée de notre lecture ou de la représentation, pour soustraits aux exigences et aux nécessités de
toute autre profession. Ou encore, Monsieur, vos « mondains » ne sont pour vous que la représentation de leur
milieu ; ce n'est pas eux, c'est leur milieu que vous avez
voulu leur faire peindre ; vous les avez donc voulus dé-
pouillés, débarrassés, épurés de tous les caractères qui ne
seraient pas en eux un aspect de leur vie mondaine. Et la
grande raison que vous en avez eue, c'est qu'à mesure que
vous avez étudié le monde, vous ne vous êtes plus con-
tenté d'en être l'observateur et le peintre indifférent ou
désintéressé, le psychologue attentif et curieux, mais vous
vous en êtes senti devenir le juge ; et un moraliste s'est
éveillé ou réveillé en vous : j'ai presque envie de dire un
sociologue.

Nous devons l'*Armature* à cette évolution et à ce nouveau progrès de votre talent. C'était l'amour qui faisait
encore le sujet de *Peints par eux-mêmes :* — l'amour... et
tout ce qui se déguise ordinairement, sous son nom, de
commerces assez peu délicats. Mais en étudiant le monde,
vous avez cru vous apercevoir, qu'en dépit de l'esthétique
habituelle du roman, ce n'était pas ou ce n'était plus aujourd'hui l'amour, ni ses contrefaçons, qui formaient le
vrai lien de l'association mondaine. Bon cela ! du temps
de Cléopâtre, et du grand Cyrus, et de l'idéale bergère
Astrée ! Mais l'amour, ou la galanterie, ne sont plus aujourd'hui que le prétexte ou le décor de l'association

mondaine ; et c'est l'argent, si nous vous en croyons, qui en ferait le ressort intérieur, la force, et la solidité. L'argent, voilà l'idole à qui le monde rendrait son culte ! Et, pour nous montrer les cérémonies et la raison de ce culte, vous écriviez le très beau roman, dont cette idée est elle-même l'armature, où l'on retrouve toutes les qualités de *Peints par eux-mêmes*, et, jointes à elles, d'autres qualités, plus fortes, qui communiquaient à votre œuvre antérieure une signification nouvelle.

Le récit commençait par le compte rendu, dans le somptueux hôtel du baron Saffre, d'une représentation mondaine. On jouait ce soir-là une pastorale en vers, dont « l'originalité, nous dites-vous, était l'impossibilité de comprendre en quoi consistait son action » ; et cela même en faisait le charme. « L'auteur était un homme du monde qui, pour plus de correction, ne voulait pas être nommé, se contentant de savoir qu'il était unanimement deviné. Et d'ailleurs, on lui pardonnait de s'amuser si laborieusement à de la poésie, parce que l'on avait l'assurance que du moins, rien de ses à-propos rimés ni de ses saynètes de si bon ton n'irait traîner en dehors des salons de premier ordre, de quelques ambassades, ou des cercles les plus fermés. » Mais si l'on reconnaissait là, dès le début du récit, les traits de votre ironie coutumière, l'action s'engageait promptement, — une action dont l'auteur n'était plus un « homme du monde » ! — et on ne tardait pas à voir que si vous plaisantiez, ce n'était plus, Monsieur, pour le plaisir un peu vain de rire, et que si vous frappiez, ce n'était pas pour le plaisir cruel de faire admirer votre adresse. Vous aviez votre objet et vous y tendiez. Une

émotion, une indignation contenue vous animait quand
vous dénonciez les ridicules ou les crimes de vos personnages. Point de déclamations, d'ailleurs, ni de grands
gestes! Votre sang-froid ne vous abandonnait pas. Vous
observiez et vous constatiez : vous expliquiez aussi. « Pour
soutenir la famille, nous disiez-vous, pour contenir la société, pour fournir à tout ce beau monde la tenue que
vous lui voyez, il y a une armature en métal qui est faite
de son argent... Cette armature est plus ou moins dissi-
mulée, ordinairement tout à fait invisible, mais c'est elle
qui empêche la dislocation quand surviennent les accrocs,
les secousses, les tempêtes imprévues, quand l'étoffe du
sentiment se déchire, et que se fend la devanture des de-
voirs et des grands principes... C'est elle qui reste en
permanence pour maintenir scrupuleusement la forme et
l'apparence des foyers domestiques, et pour recevoir les
réparations dont la façade mondaine a besoin. » Vous vous
appliquiez alors à nous le faire voir. Vous trouviez, pour
le montrer, des scènes d'une singulière vigueur. Votre
conclusion vous ramenait à votre point de départ. L'action se dénouait presque aussi simplement qu'elle avait
commencé. Sous nos yeux, par des moyens si naturels
qu'on inclinait à les approuver, la coalition des intérêts
refaisait ce que le heurt tumultueux des passions avait
failli détruire, et, pour la plupart de vos personnages, l'existence reprenait son cours « qu'une explosion de nature
n'avait fait que déranger » ! Je cite vos propres expressions.
C'est le dernier mot de *l'Armature;* et certes il n'est pas
consolant, mais n'est-ce pas en cela même qu'il est d'un « moraliste » ? Les moralistes, en général, ne sont pas consolants.

Au moins ne faut-il pas les prendre tous pour des pes-
simistes, et votre théâtre en est la preuve : *les Paroles
restent*, mais surtout *les Tenailles* et *la Loi de l'homme*. C'est
toujours une redoutable épreuve que de hasarder au
théâtre une réputation conquise par le livre, et d'illustres
romanciers, — tels : Balzac et Flaubert, — ne se sont pas très
bien trouvés d'en avoir tenté l'aventure. On aurait pu le
prévoir pour eux, et les en détourner. On leur eût dit que
ni l'art de combiner savamment une intrigue, ni la vérité
de l'observation, ni l'éclat ou l'individualité du style ne
suffisent à faire un auteur dramatique. Il y faut de plus,
Monsieur, ce qu'entre vous autres, auteurs dramatiques,
vous appelez le *don ;* et ce don n'est pas incompatible avec
celui du romancier; mais il en diffère, et je ne craindrais
pas d'avancer qu'il en est précisément le contraire. Ce qui
est « romanesque », c'est ce qu'il y a d'involontaire, d'in-
délibéré de notre part, d'illogique surtout dans les aven-
tures qui nous arrivent. « Pourquoi ces choses, et non
d'autres? » Mais ce qui est dramatique, c'est le spectacle
d'une volonté qui s'affirme, qui se déploie, qui s'insurge
contre les circonstances ou à l'encontre d'une autre volonté. Et, comme il semble bien que cette opposition du
romanesque et du dramatique réponde à deux manières
de concevoir la vie, — l'une, la première, un peu fataliste,
et l'autre, la seconde, presque héroïque, — ce qui est sur-
prenant, Monsieur, c'est que vous ayez pu passer, du romanesque au dramatique, avec autant d'aisance et de souplesse que de rapidité. Si le roman est la peinture de ce
que la force des choses, le pouvoir de l'exemple, et la con-
tagion du milieu peuvent faire d'un être humain, je ne con-

nais guère de romans plus romanesques, en ce sens, que *l'Armature* et que *Peints par eux-mêmes*. Mais si le drame est la représentation de ce que peuvent des volontés fortes, combien le théâtre contemporain nous a-t-il donné de pièces aussi dramatiques que *les Tenailles* et *la Loi de l'homme?* Nous voyons encore dans ces deux pièces, — où tout l'effort des volontés ne s'emploie qu'à redresser ou à braver ce que vous croyez être l'iniquité de la loi, — nous voyons l'étroite liaison que le théâtre peut avoir avec la morale; nous y voyons comment le moraliste a suscité en vous l'auteur dramatique; et nous y voyons enfin qu'on n'est pas un pessimiste, quand on trouve que tout va mal, si l'on travaille en même temps à faire que quelque chose aille mieux.

Je ne discuterai pas avec vous, Monsieur, la thèse ou les thèses que vous avez soutenues dans ces deux drames. Qui donc a dit qu'un « dénouement n'était jamais une conclusion » ? La mort elle-même, souvent, n'en est pas une! A plus forte raison, le dénouement imaginé, selon le besoin qu'il en a, par l'auteur dramatique ou par le romancier! *Les Idées de Madame Aubray* n'expriment que les idées personnelles d'Alexandre Dumas, et tout ce que prouvent *les Faux Ménages,* c'est qu'Édouard Pailleron ne partageait pas les idées de Dumas et de Mme Aubray. Pareillement, Monsieur, tout ce que vous avez prouvé dans *les Tenailles,* c'est qu'il y a de mauvais mariages ; et, vous dirai-je la « conclusion » qui ressort pour moi de *la Loi de l'homme?* C'est qu'une loi n'est pas si mauvaise quand il suffit de l'invoquer et de l'appliquer pour sauvegarder, comme dans votre pièce, aux dépens d'une rancune de femme, l'honneur d'une autre femme, la vie de deux hommes, et

le bonheur de deux enfants? Autant dire que j'ai le regret
de ne partager votre opinion ni sur les vices de l'institu-
tion du mariage, ni sur le féminisme, ni sur l'individua-
lisme. Si le mariage n'est pas indissoluble, je vois à peine
quel en serait l'objet. J'ai d'ailleurs toujours cru qu'on
ne l'avait inventé que dans l'intérêt de la femme. La loi
de l'homme est une précaution que l'homme a prise contre
sa propre inconstance... Et nous sommes tous de pauvres
êtres ! hommes et femmes, qui ne vivrions pas un demi-
quart d'heure d'accord, si chacun de nous, en toute circon-
stance, revendiquait impitoyablement la totalité de ce qu'il
appelle son droit. *Summum jus, summa injuria.* Vous,
Monsieur, qui nous avez si bien montré ce que cette reven-
dication avait de tyrannique lorsque c'est le mari qui
s'en autorise, comment n'avez-vous pas vu qu'elle n'a rien
de moins inhumain quand c'est notre femme qui prétend
l'exercer ? Et si la *Loi de la femme* se substituait à la *Loi
de l'homme*, que croyez-vous qu'il y eût de changé dans
le monde ?

Mais, quel que soit l'intérêt de ces questions, — qu'on
ne saurait résoudre en trois temps ni peut-être en trois
actes, — la valeur des *Tenailles* et de *la Loi de l'homme* ne
dépend sans doute pas de la contrariété ou de la con-
formité de nos opinions respectives..... Vous rappelez-vous
le pharmacien Homais, d'immortelle mémoire, qui « tout
en blâmant les idées d'*Athalie*, en admirait le style » ? Et
rien ne semblait plus ridicule à Flaubert. Cependant, il
avait beau rire, c'était ce qu'il faisait lui-même, aussi souvent qu'il parlait de George Sand, par exemple, et de Victor
Hugo : Il « blâmait les idées, mais il admirait le style » ;

sa correspondance est là qui nous le prouve ; et, le moyen de faire autrement, si l'impartialité critique ne commence qu'avec ce genre de distinctions ?

Ce que je ne suis donc nullement empêché d'admirer et de louer dans *les Tenailles* ou dans *la Loi de l'homme*, c'est, Monsieur, un retour du drame à la tradition classique ; et, — sous une forme nouvelle, adaptée par le romancier de *l'Armature* aux exigences de son temps, — c'est une renaissance de la tragédie. On a longtemps confondu la tragédie classique avec ce qui n'en est que le cadre, ou le costume ; et je ne jurerais pas que, pour beaucoup de gens, elle ne consiste, encore aujourd'hui, dans l'application de la règle des trois unités à des sujets babyloniens, grecs, romains, — et sanglants. Il n'y a pas de méprise plus étrange ! Mais une action simple, et « chargée de peu de matière », comme on disait jadis, une action directe et rapide, qui ne se laisse détourner ou distraire de son but par aucun épisode inutile, ou seulement agréable ; — mais une succession de scènes qui s'enchaînent sous la loi d'une logique intérieure, ou plutôt qui se déduisent, qui s'engendrent les unes des autres, qui se « conditionnent », et qui se commandent ; — mais une qualité de style qui n'admet ni le mélange des tons, ni l'intervention de la personne de l'auteur dans son œuvre, ni la rage qu'il a trop souvent de briller aux dépens de son sujet, si ce sont-là quelques-uns des traits essentiels, et profonds, de la tragédie classique, *la Loi de l'homme* et *les Tenailles* sont vraiment des tragédies. Oui, s'il y a quelque chose de tragique dans le théâtre contemporain, ce sont ces volontés qui se débattent sous l'étreinte de la loi sociale ! Toute la différence est qu'au lieu de reléguer l'antique fatalité à l'arrière-plan du drame, vous l'avez rapprochée de nous, en lui donnant le Code pour organe. Mais c'est elle, c'est bien elle ; nous la reconnaissons à son masque glacé, dans le dénouement des *Tenailles* comme dans celui de *la Loi de l'homme !* Elle y préside, impassible et muette. Ni les calculs de Robert Fergan, ni les révoltes de Laure de Raguais ne peuvent rien contre elle. Il faut qu'ils plient, dussent-ils en mourir ! et, ce qui achève la sévère beauté de la catastrophe, s'ils en mouraient, ils ne seraient pas plus complètement effacés du nombre des vivants qu'ils ne le sont, et pour toujours, par cette démission de toutes leurs volontés. « Vous êtes une coupable et je suis un innocent », dit Robert Fergan à sa femme, et elle lui répond : « Nous sommes deux malheureux. Au fond du malheur il n'y a plus que des égaux. » C'est la capitulation du désespoir ; et, — je ne vous le demande plus à vous, Monsieur, mais à ceux qui m'écoutent, — y a-t-il rien de plus fort en sa simplicité, ni qui nous rende mieux l'accent de la tragédie ?

Avec et par ces qualités, il n'est pas étonnant que ces deux pièces aient opéré, si je ne me trompe, dans l'histoire de notre théâtre contemporain, une espèce de révolution. Sans doute on vous avait préparé les voies, et, — sans parler des vivants, — vous-même, qui les avez comme moi connus et admirés l'un et l'autre, vous ne me pardonneriez pas si j'oubliais de rappeler ici le nom d'Henri Becque et celui d'Alexandre Dumas. Ni l'un ni l'autre toutefois n'avait entièrement affranchi le drame de la formule où il persistait à s'emprisonner depuis un demi-siècle. Sous

le prétexte spécieux que le théâtre est une imitation de la
vie, et que, dans la réalité de la vie, le tragique et le comique
ne sont séparés l'un de l'autre que par l'intervalle d'une
minute ou l'épaisseur d'une cloison, — ce qui est d'ailleurs
absolument faux, — on continuait de les mêler ou de les
enchevêtrer dans une même intrigue ; de faire « contras-
ter » les scènes ; et ainsi de donner alternativement, ou
quelquefois ensemble, à rire et à pleurer. *Denise, l'Étran-
gère, Francillon*, sont conçues dans ce système, et il ne me
paraît pas que *les Corbeaux* en soient tout à fait dégagés.
Cependant, d'un autre côté, les tentatives du Théâtre-Libre,
— et ce que j'en dis n'est pas pour méconnaître ou rabais-
ser l'intérêt de quelques-unes d'entre elles, — n'avaient
qu'à moitié réussi. C'est sur ces entrefaites, Monsieur, que
les Tenailles ont paru sur la scène de la Comédie-Française,
pour être bientôt suivies de *la Loi de l'homme*. La manière
dont la critique accueillait ces deux pièces eût suffi toute
seule à nous en déclarer le sens et la portée. Vous brisiez
un ancien moule. Et on pouvait discuter le caractère de ces
deux tragédies domestiques ; on en pouvait contester la
thèse ; on en pouvait attaquer les tendances ! On n'en pouvait nier le grand effet, ni de cet effet méconnaître la cause.
Vous renversiez quelque chose, et vous mettiez quelque
chose à la place de ce que vous renversiez. Quoi que l'on
pût penser, au fond, des *Tenailles* et de *la Loi de l'homme*,
on était obligé d'avouer que la forme en était encore plus
nouvelle. Révolution ou transformation, — car je ne voudrais
pas que le mot dépassât ma pensée, ni qu'il fît trop de
violence à votre modestie, — vous vous étiez assuré l'honneur de marquer une « époque » dans l'histoire du théâtre

contemporain. C'est un honneur qu'on ne vous contestera
pas, et je ne sais s'il y a des titres plus académiques, je
ne le crois pas, mais il me paraît bien qu'un auteur dramatique n'en saurait produire ni souhaiter de plus glorieux.

Nous espérons, Monsieur, nous comptons qu'à tous ces
titres vous en ajouterez beaucoup d'autres encore, et nous
sommes impatients de les enregistrer. Est-ce que déjà cette
heureuse fortune ne vous est pas réservée, — sur la scène
de la Comédie-Française relevée de ses ruines et rendue
à son public universel, — d'inaugurer prochainement le
théâtre du vingtième siècle ? Vous remporterez sans doute
une nouvelle victoire, et nous en réclamerons orgueilleu-
sement notre part. Votre succès sera le nôtre. Nous nous
ferons peut-être l'illusion d'y avoir aidé ! Vous nous le
permettrez, Monsieur, car vous ne verrez là qu'une preuve
nouvelle des sentiments de haute estime et de confrater-
nité littéraire avec lesquels nous vous invitons à occuper
aujourd'hui parmi nous la place qui vous attendait. Il faut
pardonner aux très vieilles personnes ces airs d'affectueuse
protection... Soyez, Monsieur, le bienvenu ! Et, en dépit
de l'usage, que « la vieille personne » m'excuse et me par-
donne, à son tour, s'il ne m'est pas possible, en achevant
ce compliment, de cacher le grand plaisir que j'éprouve
d'avoir été choisi, par le sort, pour vous l'adresser.

Paris. — Typ. de Firmin-Didot et C⁰, imprimeurs de l'Institut, rue Jacob, 56. — 30329.

www.ingramcontent.com/pod-product-compliance
Lightning Source LLC
LaVergne TN
LVHW021151200726
843510LV00001B/295